國家圖書館出版品預行編目資料

藍色小屋/貝果文.圖. -- 初版. -- 新北市：字畝文化創
意有限公司出版：遠足文化事業股份有限公司發行，
2023.11
　面；　公分
國語注音
ISBN 978-626-7365-28-1(精裝)

863.599　　　　　　　　　112018157

藍色小屋

文‧圖｜貝果

字畝文化創意有限公司
社長兼總編輯｜馮季眉
責任編輯｜李培如
美術設計｜貝果、蔚藍鯨

出　　版｜字畝文化／遠足文化事業股份有限公司
發　　行｜遠足文化事業股份有限公司（讀書共和國出版集團）
地　　址｜231 新北市新店區民權路 108-2 號 9 樓
電　　話｜(02)2218-1417
傳　　真｜(02)8667-1065
客服信箱｜service@bookrep.com.tw
網路書店｜www.bookrep.com.tw
團體訂購請洽業務部 (02) 2218-1417 分機 1124
法律顧問｜華洋法律事務所　蘇文生律師
印　　製｜中原造像股份有限公司

初　　版｜2023 年 11 月
初版二刷｜2024 年 7 月
定　　價｜350 元
書　　號｜XBFY0006　ISBN 978-626-7365-28-1

獻給ㄅㄅ

藍色小屋

文・圖／貝果

貝貝湖旁的藍色小屋，住著三個好朋友。
有土撥鼠波比、小兔子夏綠蒂、豬小妹妮可，
他們一起過著純樸的鄉村生活。

土撥鼠波比是個園藝高手，
木屋後面的小園子， 種滿了美麗的花草和蔬果，
還有波比辛苦栽培、 最引以為傲的大紅番茄。
「 波比， 你種的番茄真好吃，
拿到村裡去比賽， 一定可以得冠軍。 」
每個路過的村民都會這麼對他說。

小兔子夏綠蒂清潔打掃樣樣行。
藍色小屋裡總是整齊乾淨，
住起來舒適又溫馨。

水果生菜沙拉、 鄉村番茄蔬菜湯、
奶油蘑菇義大利麵、 森林野莓派，
這些好吃的餐點，
全出自豬小妹妮可的好手藝。

每天晚上，妮可都會煮一壺茶，
大家一起坐在客廳裡聊天、看自己喜愛的書。
忙碌了一整天後，終於可以好好放鬆心情，
他們總是說：這是屬於藍色小屋的美好時光。

有一天下午，門外傳來敲門聲，
叩！叩！叩！
「有人在家嗎？」
夏綠蒂打開門，看見兩個送貨工人。
「恭喜你家波比，這臺電視機
是他得到的獎品。」送貨工人說。
原來是波比種的番茄，
參加村裡的比賽，得到了冠軍。

波比回家後，看到電視機，笑得好開心。
哇！電視機真是太神奇了，播放的節目真精采。
波比和夏綠蒂看得著了迷，完全忘了吃飯這回事。

妮可準備了一桌豐盛的晚餐， 卻不見波比和夏綠蒂。

她看到他們在客廳， 對著電視機又說又笑。

「 妮可， 妳快來看！ 這個節目好好笑喔！ 」 夏綠蒂說。

「 可是……還沒吃飯哪！ 」 妮可說。

「 我們把飯端過來， 邊看邊吃好了。 」 波比提議。

自從藍色小屋有了電視機之後，
生活開始起了變化……

漸漸的，
波比老是忘了澆水和施肥的時間，
於是園子裡雜草叢生，
番茄長得不好，看起來乾乾皺皺的。

漸漸的，
家裡的地板布滿灰塵， 東西丟得亂七八糟；
在湖邊洗衣服的時候， 夏綠蒂還打瞌睡，
籃子差點漂走了呢！

漸漸的，
妮可煮的菜忽甜忽鹹，變得好難吃，
而且一點創意也沒有。

直到有一天早晨……

客廳傳來妮可的尖叫聲，

波比和夏綠蒂被驚醒，飛快的跑了過來。
他們揉了揉眼睛，簡直不敢相信，
電視機 ── 不見了！

「快！我們分頭找找看。」
波比著急的說。

屋裡的每個角落都翻遍了，

就是找不到！

他們三個累得癱在地上，呆坐了好一會兒。

「咦？地板怎麼變得這麼髒？」
夏綠蒂趕快拿起拖把，把灰塵清乾淨。

妮可覺得好久沒做好吃的點心了，
她說：「你們想不想吃番茄派呢？」
「好哇！好哇！」波比和夏綠蒂猛點頭。

一提到番茄，
波比想起他該到園子裡替番茄施施肥了。

這個晚上，藍色小屋的美好時光 ——

—— 又回來了！

「加ㄐㄧㄚ油ㄧㄡˊ！加ㄐㄧㄚ油ㄧㄡˊ！加ㄐㄧㄚ油ㄧㄡˊ！」

作者簡介
貝果／臺灣繪本作家

一直以來，被森林的神祕感深深吸引著，喜歡以擬人化的小動物為主角發想故事，用水彩手繪方式作畫，創作的繪本都是發生在一個名為「果果森林」的地方，我和小動物們也住在那裡。

曾獲：信誼幼兒文學獎、「義大利波隆那兒童書展」臺灣館推薦插畫家、Book From Taiwan 國際版權推薦、好書大家讀好書推薦、文化部中小學生讀物選介、入選法蘭克福書展臺灣館書單、入選香港第一屆豐子愷兒童圖畫書獎、入選 Singapore AFCC BIG 等。

作品有：《全世界最好吃的鬆餅》、《白馬寶寶一家的幸福日常》、《森林裡的起司村》、《老婆婆的種子》、《早安！阿尼・早安！阿布》、《野兔村的阿力》、《野兔村的小蜜蜂》、《野兔村的夏天》、《今天真好》、《我喜歡》等二十多本書。

原創繪本《早安！阿尼・早安！阿布》授權 NSO 國家交響樂團，以動畫結合古典樂於國家音樂廳演出，以及國家圖書館、臺北市立圖書館、新北市立圖書館等，多家圖書館壁畫創作與授權。

2015、2016 年應新北市文化局邀請，策劃「貝果在森林裡散步－原畫及手稿創作展」於新莊、淡水展出。
2021 年應信誼基金會邀請，策劃「阿尼和阿布在果果森林－貝果原畫及手稿創作展」於臺北展出。

貝果在森林裡散步 FB：bagelforest
貝果在森林裡散步 IG：bagelstyle
呼呼和小哈 IG：bagelforest

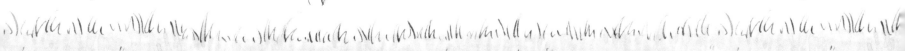